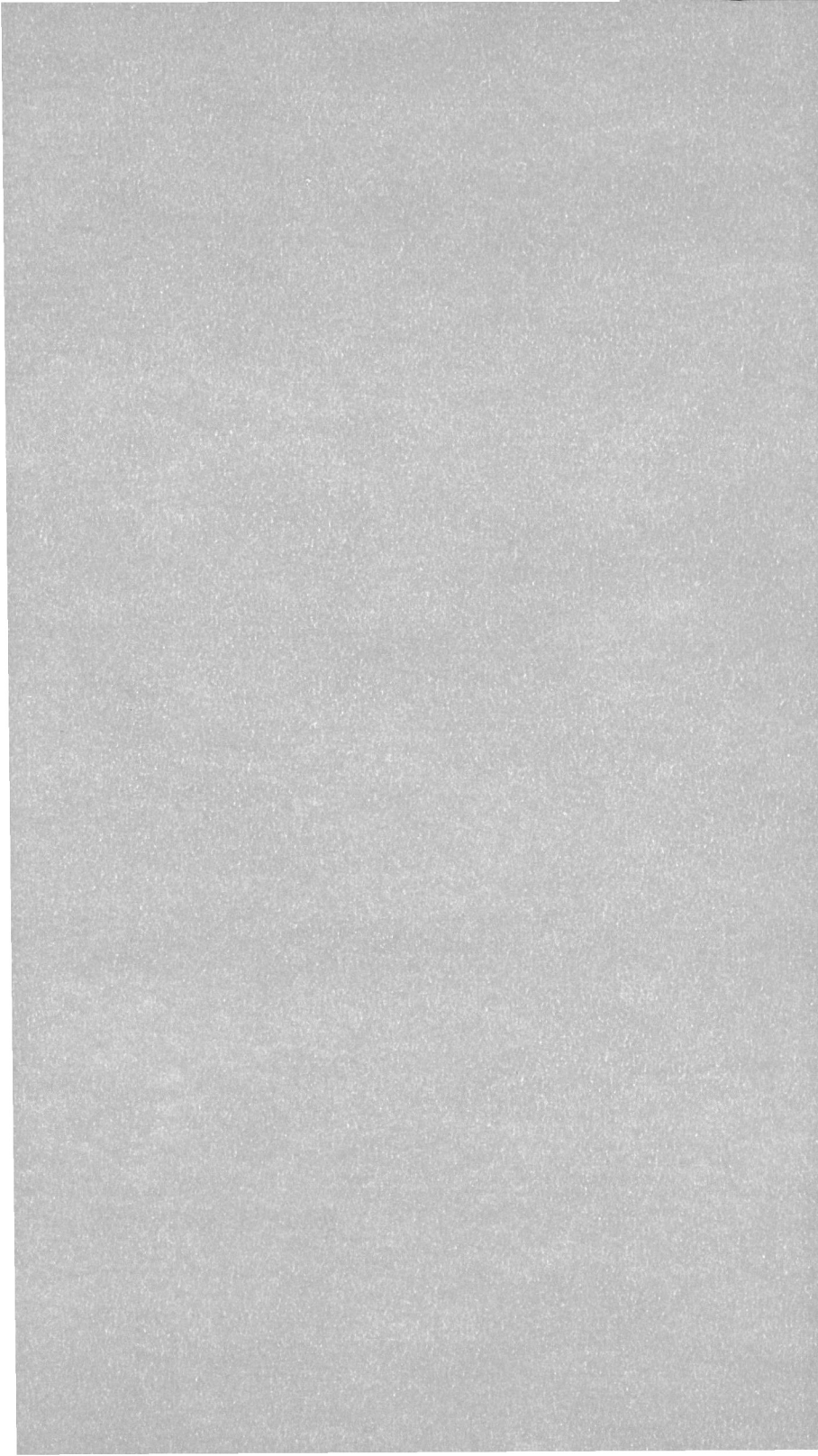

Colecção Literatura de Macau

·诗 歌·

魔术师

洛书／著

作家出版社

澳门文学丛书

编委名单

总　序

值此"澳门文学丛书"出版之际，我不由想起 1997 年 3 月至 2013 年 4 月之间，对澳门的几次造访。在这几次访问中，从街边散步到社团座谈，从文化广场到大学讲堂，我遇见的文学创作者和爱好者越来越多，我置身于其中的文学气氛越来越浓，我被问及的各种各样的问题，也越来越集中于澳门文学的建设上来。这让我强烈地感觉到：澳门文学正在走向自觉，一个澳门人自己的文学时代即将到来。

事实确乎如此。包括诗歌、小说、散文、评论在内的"澳门文学丛书"，经过广泛征集、精心筛选，已颇具规模。这一批数量可观的文本，是文学对当代澳门的真情观照，是老中青三代写作人奋力开拓并自我证明的丰硕成果。由此，我们欣喜地发现，一块与澳门人语言、生命和精神紧密结合的文学高地，正一步一步地隆起。

在澳门，有一群为数不少的写作人，他们不慕荣利，不怕寂寞，在沉重的工作和生活的双重压力下，心甘情愿地挤出时间来，从事文学书写。这种纯业余的写作方式，完全是出于一种兴趣，一种热爱，一种诗意追求的精神需要。惟其如此，他们的笔触是自由的，体现着一种充分的主体性；他们的喜怒哀乐，他们对于社会人生和自身命运的思考，也是恳切的，流淌着一种发自肺腑的真诚。澳门众多的写作人，就这样从语言与生活的密切关联里，坚守着文学，坚持文学书写，使文学的重要性在心灵深处保持不变，使澳门文学的亮丽风景得以形成，从而表现了澳门人的自尊和自爱，真是弥足珍贵。这情形呼应着一个令人振奋的现实：在物欲喧嚣、拜金主义盛行的当下，在视听信息量极大的网络、多媒体面前，学问、智慧、理念、心胸、情操与文学的全部内涵，并没有被取代，即便是在博彩业特别兴旺发达的澳门小城。

文学是一个民族的精神花朵，一个民族的精神史；文学是一个民族的品位和素质，一个民族的乃至影响世界的智慧和胸襟。我们写作人要敢于看不起那些空心化、浅薄化、碎片化、一味搞笑、肆意恶搞、咋咋呼呼迎合起哄的所谓"作品"。在我们的心目中，应该有屈原、司马迁、陶渊明、李白、杜甫、王维、苏轼、辛弃疾、陆游、关汉卿、王实甫、汤显祖、曹雪芹、蒲松龄；应该有莎士比亚、歌德、雨果、巴尔扎克、普希金、托尔斯泰、陀思妥耶夫斯基、罗曼·罗兰、马尔克斯、艾略特、卡夫卡、乔伊斯、福克纳……他们才是我们写作人努力学习，并奋力追赶和超越的标杆。澳门文学成长的过程中，正不断地透露出这种勇气和追求，这让我对她的健康发展，充满了美好的期待。

毋庸讳言，澳门文学或许还存在着这样那样的不足，甚至或许还显得有些稚嫩，但正如鲁迅所说，幼稚并不可怕，不腐败就好。澳门的朋友——尤其年轻的朋友要沉得住气，静下心来，默默耕耘，日将月就，在持续的辛劳付出中，去实现走向世界的过程。从"澳门文学丛书"看，澳门文学生态状况优良，写作群体年龄层次均衡，各种文学样式齐头并进，各种风格流派不囿于一，传统性、开放性、本土性、杂糅性，将古今、中西、雅俗兼容并蓄，呈现出一种丰富多彩而又色彩各异的"鸡尾酒"式的文学景象，这在中华民族文学画卷中颇具代表性，是有特色、有生命力、可持续发展的文学。

这套作家出版社版的文学丛书，体现着一种对澳门文学的尊重、珍视和爱护，必将极大地鼓舞和推动澳门文学的发展。就小城而言，这是她回归祖国之后，文学收获的第一次较全面的总结和较集中的展示；从全国来看，这又是一个观赏的橱窗，内地写作人和读者可由此了解、认识澳门文学，澳门写作人也可以在更广远的时空里，听取物议，汲取营养，提高自信力和创造力。真应该感谢"澳门文学丛书"的策划者、编辑者和出版者，他们为澳门文学乃至中国文学建设，做了一件十分有意义的事。

是为序。

2014.6.6

目　录
CONTENTS

特别版：给儿子的诗

魔术师

我很穷，
在这个富裕的城市中
像所有来路不明的陌生人
衣衫褴褛，
没有厚厚的衣裳
温暖心中一瞬间的梦想
我有的只是，
一副牌的加冕

闲，庄，闲，庄。
闲四点，没对。
庄三点，没对。
闲博，闲七点。
庄博，庄五点。
七对五，闲赢。

我似在思考，
我似乎准确无误

可我只是习惯右手

痉挛性的束缚

跟你赌没有重量的财富

以及尊贵的轻重无足

看看，纸牌在我双手跳舞

左手出，右手开

闲赢。再按 Angel Eye[①]

天使眼看不到手在叹息

在烟雾昏眩的暗夜里

以为生存很容易

黑色桃花

是战士佩带的宝剑

白色梅花

将战场的哀伤收敛

金色方钻

是丢失的远方家园

而我的红心，

是什么样儿？

我仍在原地打转

我说，

---

① Angel Eye，赌台设备，用来装牌，也叫牌靴。Angel Eye 可以读出牌点，牌局完成后，荷官一按键就会把结果显示在显示屏上。

我爱你
你笑着回答，
别在意
爱是幸运加概率
还戴着多重面具
而你输不起

闲，庄，闲，庄。
闲四点，没对。
庄三点，没对。
闲博，闲七点。
庄博，庄五点。
七对五，闲赢。

我的双手在牌上
牌在我的双手上
我想离开
我要离开
可右手轻轻推出牌

我的情人

——一个小荷官的自言自语

我已经渐渐忘了

她的眼睛是什么颜色

我已经渐渐忘了

她的呼吸或轻或重

这是多么长久的事了

生命从出生到现在

似乎就是

一趟为了爱上她

再消除她的印记的旅程

而我深陷其中

时常感到恐惧

我的黑夜错过了她向阳的绽放

我的白天遮掩了她暗夜的芳香

我颠倒一个世界的时序

也追赶不到她背后的一抹幽影

我们慢慢地不再相信了

她有她脉搏的跳动

而这时候——

我也只能看着自己的身体

它是唯一提醒我

我还存在的东西

有时

生活就像一场扑克游戏

不到最后

永远无法预知结果

而胜利

往往在峰回路转之前

可我在等待到来的那一刻

早已阵亡

赌客

吹，吹，吹，
八级大风吹
鼓动的腮边，
悬壶的斗嘴
隐藏在数组后面沸腾的双眼
还有，如潮水般翻滚的白色泡沫
在参差的灌木丛中，
此起彼伏

顶，顶，顶，
闷雷撞击纸币末梢
手肘触电弯曲，
双脚僵直
一声尖叫，
拉长——
鸣响。雷碎，纸币破，
铜钱打转
停下。落入伺机已久的，
黑洞

被钉死的爱

（一）迷阵

听骰子的转动

咚——咚——咚——

不停息地摇摆过梦中

无处下手的氧气变得淡薄

一旦缺少便感觉窒息空洞

在这场角逐中

舍弃你或被舍弃我

一场风暴从隐匿的天孔

将局席卷进迷障

迷障里

孔雀缓缓张开细密编织的网

一双蓝宝石般的瞳

像一面透着冥火的镜子

一半照见迷失的你

一半埋下了自己

睡着的沉默的蟒
它只在日落时才出现
它嘶嘶吐着半尺的芯子
等待着以原罪喂养
无休止地卷铺重来

（二）倒局

他清楚地知道
黑夜的更黑处
无数的手设下摆布
他想起那只炭火架上的蛙
还未被烧焦的爪
呈现出诡异的姿态

被树缠绕成干枯的木乃伊
挣扎着还未完成的加码续注
是勇往直前还是选择投降
他无法预测河流翻滚下的方向
是否会触上暗藏的石礁

分门再分门，
只能如此
重复被玩弄的自导自演

谁也解不开点数背后逃遁的真相

所有的排列组合

逃不开随机事件，

像影子

我戴着黑色薄纱坐在你对面

看你不断重生

又反复消亡

司命掌中的棋盘

白子是被切割的咽喉

黑子以死亡取代生活

而这是一场设计完好的谋与杀

算计了多少的彩色成空白

以及希望成恐慌和彷徨

还有一座坍塌的墙

墙下埋着最后熄灭的烛光

（三）被钉死的爱

他把纸牌作为墓志铭

在燃烧的风中轻轻地呻吟

用最后一声叹息

将爱狠狠地钉死

钉死在活着的十字架上

烈火包围中

他感受到它

那一颗向天空敞开的心

被长矛箭矢穿透

缺失了半边

浸泡在火红的沸水中

所有的撕裂

沉重的蔑视

被笼罩的憧憬

在如末日般来临的征兆里

被一再地隔绝在

已逝和将逝之间

他也许要睡着了

可依然挣扎着睁开了眼

闻着尼古丁点燃起

虚妄的怒火

寒鸦倾巢而出

埋葬了滚烫的自由之锁

他仍然诅咒着，

继续着

用机械般的手

记录着那些罪行

所有的罪恶都只是来自

假想中被鼓噪被欺骗的空幻

黑暗的无限劫难里

将以照见不到刹那盛开的彼岸昙花

离歌

（一）

鱼和鸟的故事，什么样？

在一抬头一低头的罅隙里，

有人低声说了话。

于是一切就变得很微妙。

眼神有了温度手心有了湿度。

在阳光未来得及隐去的季节里，

向日葵遍地疯狂地拔节。

你从我身边匆忙地跑过，

于是云朵抱不住的雨滴落了一地；

我在你背后安静地等待，

于是落日悄悄地关上了沉重的门。

是谁的笛声呜咽苍凉，

述说摇曳的往事；

是谁的琴弦跌跌撞撞，

弹奏破碎的从前。

（二）

有些旋律其实从来没被歌唱过，
有些火把其实从来没被点燃过，
可是世界有了声响有了光。
而我们一起走过的街，
依然有着青春依旧的歌。

那个关于飞的预言，
从来不曾衰老。
它站在回忆里站成了彼此遗落掉的风景。
晨烟漫天漫地覆盖了城市所有的苍穹，
朦胧里有迟来的无望的告白。

（三）

云的那一端，
隐藏着什么？
当恶毒的魔法师扣动
手中的咒语，
谁和谁被封印？
看潮水涌上年代久远的堤岸，
听大雨席卷烈日当头的村落，
是否还可以走出个寒武纪？

灰姑娘白雪公主并不存在，
安徒生是个伟大的谎言师。
你轻声告诉我。
你冰凉的手触摸在我的发丝上。
那一刻，我们一样地孤独。

你用右手覆盖住我的双眼，
你说这样就看不见黑暗。
你说你想爱我，
却不知道可以爱多久。
你泼墨了墙角残缺的欲言，
我来回往返地寻觅。
世界开始大雨滂沱，
潮汛渐次逼近。

（四）

候鸟的飞翔，如何？
它们本该一整体。
就像男人和女人，
为了一种追求而结伴。

我们在沉寂的夜色中，
走过黑魅的森林。
轻风传递着谁的气息，

那么甜美。

泥土纵容了一切堕落的生长，

包括你的爱情。

而我只是想，这样地

跟着你走在黑暗里。

（五）

月亮在缝隙间飘移，

像一段没有方向的旋律。

我一再地仰起脸看它，

却始终寻找不到一个完整。

夏夜的凉风中，

有无尽的回想。

即使我停下来，

也无处可去。

我喜欢这些黑暗中的植物，

它们肆意地生长，

开出迷离的花，

结出空虚的果实。

闻到它们的气息。

我想掉泪。

就像面对你的诺言。

我想逃离。

（六）

告诉我，今生的遇见，
是不是前世的轮回？
沉睡了千年的身体，
从腐枝枯叶里苏醒。
是谁解开的咒语？
是谁打开的封印？
在日落后的群岚，
隐没了你极浅极淡的微笑的面容。

在大雾喧嚣了城市
每一个角落的岁月里，
芦苇循序萌发然后渐近死亡。
翅膀匆忙地覆盖了天空，
剩下无法启齿的猜想。
破晓和月牙相互交替，
我穿越过几个世纪，只为你。

黑发染成了白色。白雪染成了黑色。
白天染成了黑色。黑夜染成了白色。
世界颠倒前后左右上下黑白。
于是我就成为你的倒影，
永远地活在与你完全不同的世界。
埋葬了自己，也埋葬了你。

（七）

这个世界，什么样？
一年又一年的时光，
抬高了头顶仓皇的天。
一季又一季的雨水，
冲刷了脚底混乱的城。
天光逆转成红色的晨雾，
昼夜逐渐平分。

我知道时空有一个洞，
只有用隔世的目光才能穿越。
视觉总依赖着光线而存在，
可是透过那些光，
你就看见陌生的我是
另一个你。

（八）

我在很远很远的故乡，
遥望你的归途。
我可以听见你呜咽的笛声，
吹起无数颗星辰和泪。
我沉睡在时间的轨迹里，
度过冬的严寒，

春的艳丽。

你是我不能挥手的记忆。

这注定是一场没有胜算的赌局。

摇碎梦想的影泡，

唯有宿命的守候。

我无处可逃。

带我走吧。

我终于轻轻地哭了。

（九）

你说，

这样的生活，

要如何继续？

你的眼睛里是浓墨重彩的悲伤，

在被遗忘的房间角落里

包裹着游离不定的苍白。

你觉得这个世间无所依傍，

亦无所需索。

你只留得自己。

右手握住左手。

假装可以很温暖。

当我的双唇邂逅你的眼睛，

当我的玫瑰邂逅你的暴雨，

当我的雪花邂逅你的风霜。

我再也闻不到天气的变化。

残破的时光碎片，

隐约照亮曾经微茫的青春和

彼此聚散的岁月，

却始终补不回完整。

（十）

你一再地把手轻放在我的肌肤上面，

它们散发着孤独颓败的气息。

它们是否甜美。

我对你微笑。

你的手指渐渐远离，

我的身体缓慢干涸。

眼泪知道再也不要流。

白昼骤然隐去，

世界恢复未呈现时的黑暗。

向日葵大片枯死。

候鸟成群结队地送葬。

一个又一个看不见来路

沉甸甸的远航，

忘记了要说再见。

（十一）

时间没有等我。
是你，忘了带我走。
我无处可去，
所以留在这里。
我以为权利给了你
更多的选择，
我知道对于这一切，
我只能妥协。
那些由浮云记录下来的花事，
那些由花开装点过的浮云，
还来不及去回忆，
就已经成为荒原。

是谁说过的，
那些离开的人，
离开的事，
终有一天卷土重来。
我们约好一起逝去，
然后再度重生。
只是誓言太沉重，
牵在手上的风筝终于断了线，
再也找不到回家的路。

（十二）

苍白的生命如何沉没于
那些苍白的爱情。
穿过云层我努力向你奔跑，
飞扬的尘土却把你模糊。
停下，
却看不见你留下的印记。

请把我带走。
微弱的声线穿不透
厚重的夜色，
狠狠地砸在地面，
发不出半点声音。

（十三）

他们说，
眺望摩天轮的人，
其实是在眺望幸福。
摩天的摩天轮，
像个巨大的盒子，
可是有谁可以告诉我，
幸福，
会被装在哪个格子里？

你低头笑了笑，于是
太阳照亮了每一粒灰尘，于是
我闻到了整个春天的花香，于是
就相信了你给我的童话。
可是童话最让人膜拜的地方，
就在于它的不可相信。

（十四）

时间仓皇地卷过屋顶，
一步与一步间成了距离。
那些匆忙逃窜的流年，
冲乱了飞鸟的迁徙。
恶毒的魔法师，
抱着双手唱起黑色挽歌。
在云层深处奔走的惊雷，
落下满天的火。

只剩下最初的那个牧童，
依然安静地站立在森林的深处，
依然拿着横笛站在山冈上，
把黄昏吹得悠长。

（十五）

时间还是站在了
雪飘的末尾，
地点一路转换，
又剩我一人。
你总说我不了解，
世事会变迁。
鱼和鸟露出未曾拓印的章节，
云的那一端梦想来不及铺展。

种花的人变成看花的人，
看花的人变成葬花的人。
那些幽静的秘密丛林，
千万年地覆盖着层层落叶。
然后你，
身披晚霞像是最骄傲的英雄，
踏着隐藏在落叶下的无言，
出现在我面前。

（十六）

天空绚烂，
芦苇流连。
曾经喑哑的岁月

奏出最绚丽的赞歌。

曾经灰暗的衣裳瞬间

泛出月牙的白光。

曾经唱过的歌,

在日光里慢慢复活。

曾经孤单的我,

变得再也不孤单。

可是,

这样的美好,

只能存活于梦境。

我们都这样离散在岁月里,

回过头去,

都看不到曾经那么用力地

在一起过。

年华被整个吹破。

朝向北方,

四分五裂。

（十七）

我站在路旁,

眺望你来时的方向。

在下一个路口,

是否还能再看一眼你扬起的

白色衬衣?

车辆前前后后左左右右

四处流窜。

眼光没有方向地找寻。

背包里的 CD 机快速运转。

从身边经过的人，

像在上演一场无声的电影。

嘴巴一张一合。

呼吸飘移不定。

整个世界安静地流动。

（十八）

一点，

两点半，

冷气肆意充斥街头巷尾。

四点零四分，

六点一刻，

街灯渐次盛装出场。

八点，

游乐场的木马伴着音乐起伏旋转。

十一点，

商店按时打烊摩天轮停止在来不及

完成的最后一圈。

还是走到了十二点，

灰姑娘不再留下玻璃鞋。

所有的传奇都等不到开口，
就已消亡。

（十九）

你的白色衬衫在我的抽屉里，
放了很久。
在某些个温暖的夏天午后，
我用手指轻轻揉搓着它，
以为自己可以这样安静地老去。

你在多年前走过的路面，
现在满载清澈的湖水，
只是再也没有了忧伤。
你在多年前登过的高原，
如今沉睡在地壳的深处，
只是再也不曾寒冷过。

（二十）

有过的离散的岁月，
已经沉淀在时间刻度的末端；
有过的暗淡的韶光，
已经埋葬在七色彩虹的背面。

那些模糊不清的爱恋，

那些来路不明的仇恨，

那些风中被吹破的灯笼，

那些未来得及拭去鲜血的剑把，

全部幻成雪水，

融化在即将到来的春天。

是谁说的，

在那里告别，

分别为了更好地怀念。

（二十一）

很多时候，

我平静地做着一些事情。

喝水。失眠。无所事事。

然后平静地想念你。

回想我们爱的时候，

那些堕落的细节，

那些不肯妥协的倔强，

那些伤害彼此的痛爱，

你的手心里盛满我的眼泪，

它们已经残废。

（二十二）

我终于相信你的消失，
其实这并不恐惧。
只是，
像这样的爱恋，
一生中再也不会出现第二次；
像你这样的男孩，
也仅此一个而已。

我想在水中写一封信
给你。
一边写一边消失。
可以让我就这样度过一生。

阳光骤明处

在布拉干萨街转角

阳光突然被惊醒

拐过墙角

拂过水泥地面

沿着绿色藤蔓攀爬而上

穿透铁栅栏

和一只衔草飞过的鸟

再吹开白云连蜷的羽翼

撒下一地落英

惊动蔓生的五节芒

和呼啸而来的

虫雀啁啾

一只蜗牛

自荒烟的尽头

忽现

驮着重重的壳

就像驮着整个宇宙

在阳光骤明处

慢慢爬行

我们一直被慈悲着

我们一直被慈悲着

却始终无法拥有慈悲

一片叶落下

看不见整棵树都在颤抖

直到

海水上升

大地平沉

我遇见了你

走向你

不知是归程

还是离别

寂寞是深夜的云

我不敢摊开纸张

怕一写

便泄露了思念

我不敢举起烛台

怕一点

便淹灭了温暖

就让你

做我的夜

你却说

要在每个夜里

为我栽种一池芙蓉

以花为舟

用手成楫

等我随时渡岸

赴约

舞色曲

（一）

梧桐绿色。

摇曳的麦禾绿色。

完成绿色。

破灭绿色。

细枝末节绿色。

滔天巨浪绿色。

你微笑时扬起的睫毛绿色。

蓦然回首时，

道路渐次绿色。

（二）

蓝天蓝色。

蓝天深蓝色。

马背上的弓箭蓝色。

马背蓝色。

月光下的守望蓝色。

月光蓝色。

大海蓝色。

波浪蓝色。

泡沫蓝色。

一切回归蓝色。

全部蓝色。

（三）

瞳孔黑色。

鼓动的风衣黑色。

大把大把掉落的丝絮黑色。

穿过时间罅隙的骏马黑色。

远处的钟楼黑色。

夜晚降临，

整个天地一片黑色。

（四）

街灯红色。

屋檐红色。

屋檐下等候的人红色。

目光红色。

目光尽头的背影红色。

嘴唇红色。

心脏红色。

指关节红色。

落日点起大火，

整个世界燃烧出一片红色。

（五）

天光水影透明色。

腾空的白鸽透明色。

莲花透明色。

梦魇透明色。

滂沱大雨透明色。

斑驳的城墙透明色。

时光透明色。

年华透明色。

思念

思念

在大雨滂沱里穿梭

带着巨大的悲哀

和永无尽头的无奈

或许

我该离去

在简单明媚的时光里

填补心中黑色的空洞

漫天漫地的雾色

在空气中弥漫

我想进去

看一看雾气深处

有没有人在对月垂珠

有没有人在望眼欲穿

还是有人在高高的山巅

吹奏着蔓延悲伤的歌曲

我泅过一条河

我泅过一条河
被坚硬的岩石刺伤了动脉
血顺着水流
流过半落的夕阳

我越过一座高山
被荆棘缠绕到额前
睁着仅有的瞳孔
遥望史前冰冷的星

我穿过一片沙漠
被黄沙埋藏了所有祈雨的祷告
光撕裂了心肺
热焚化了灵

我游过十尺冰海
被冻结了寂寞和弯曲的十指
完美的身影

倒映在天空

这是一种向往
一种接近毁灭的向往
以自身之驱前往灭寂之地
抵达不灭的向往

这种向往
至深，
至高，
至热，
或至冷
用一种模糊的坚持
去拜谒命运模糊的执着

沉默中的沉寂

要用什么来形容痛？

一分一秒，

生命在拉锯，煎熬

连出口都退让给针孔

你听不到我们的声嘶力竭

以及那一句"心理准备"的惊恐

走过十六楼的楼下

呼吸着昨日阳光残留下的颗粒

浮动的光影里依然有你的气息

我努力向上仰望

你却不再向下俯视

那扇门阻挡了所有的歇斯底里

那些吸管足够的光怪陆离

那几排数字掌控着上天或入地

你依然在沉默中沉寂

我们用微弱祈祷奇迹

你的呼吸是那么美丽

我们从陌生到不期而遇

让我来感谢上帝

只要你不放弃

我们就一定都可以

不需要时光机

不必要再缅怀过去

记忆又何妨丢弃

你在哪里

就是我们存在的目的

而你，又怎么舍得离我们而去？

气味

我至今还记得你的气味

第一颗牙晃动时

红绳一头绑在铁丝窗上

一头系着雪白的牙根

一拉一扯　是血腥的味道

她卷起衣袖

搅动满池的水波圈圈如年轮

阳光睡在碎花样棉布被下

蒸腾起发尾淡淡的薄荷香

稻子收割后

天空渐次拉起雨屏

阿婆坐在屋檐下

看风吹起焚烧的烟末

我至今还记得这些气味

它们印证着存在　也印证着消失

它们在我背后　当夜降临时

变成我指腹间　缠绕的丝线

诗：Time to Say Goodbye

.

就像一场哑剧，

在对焦和失焦的切换中，

上演着只有自己在意的繁华和荒芜。

被褪去所有色彩，

过滤掉所有声线，

结局在日落垂下重重的门之前。

千灯的城市熄灭，

剩下的是冷冷的白光。

你的面容和笑语，

在惊醒之后，成了远扬的航船。

我的风光庆典变成逃亡后唯一的行李皮箧。

残留的帝皇菊难逃被掏空的命运。

如诗人一般。

It is time to say goodbye，my love.

即使被反复咀嚼，

反复提醒，

放不下的还是"我"自己。

秋之侨城东路：A lot of silence here

有灯火和雨丝的陪伴，

有梧桐和天空的作衬，

还有轻风和车站的铺垫，

唯一缺少的，

是一双手可以握住另一双手的温暖，

以及一个肩膀可以傍着另一个肩膀的依靠。

一个人的旅程，

背负着全部生命的重量。

即使必须不断地放弃和启程，

即使必须冷眼旁观一切繁华，

即使必须在黑暗中学会前进，

但只要再向前迈进一步，

也要保持孤傲的姿态。

A lot of silence here，in my way to seek for the true life.

生命，

是一杯值得用尽一生去品尝的美酒。

独坐：Tomorrow is taken away

已经渐渐忘了仰望是怎样的感觉，

也不再在意抬头挺胸是怎样的意气风发。

低头，喧嚣，虚浮，

空洞的眼球，

变得顺理成章。

高楼大厦把生活切割成格子铺，

再以高价贩卖。

月亮和候鸟迷了路，

思绪没有喘息的余地，

Tomorrow is taken away.

找不到归途。

我们却乐此不疲。

鳝鱼：Still suffering

生存从来都不是一件理所当然的事。

大多时候看似有很多选择，

但其实是没有选择。

没办法决定出生，

没办法摆脱原乡，

没办法放弃自我。

只能在命运的旋涡里，

周而复始，

与时间拉锯。

We are still suffering，we are still struggling.

然而，幸运的是，

我们不是鳝鱼。

荷塘月色：Endless

生命因为缺陷，

完美才有价值。

虽然举步维艰，

却不能停留在破碎之后。

Life will be going on，before the ending comes.

梧桐扣

想起多年前
五月里的梧桐扣
你在距离我
零点五厘米处低头
从零纪元前
即使到末世日后
你说一定会陪我到生命尽头

五月里的轻风
扬起满树梨花落
你在距离我五厘米的天边诉说
开口前　转身后
思念在大雨中滂沱
你说少年往事只是时间在蹉跎

多久多远
我在颠倒世界中穿梭
天下着雨

渐渐模糊了你的轮廓

同船过渡

这是秋叶与流水的传说

你珍藏在我心里的角落

多久多远

我在颠倒世界中穿梭

仓皇的鹭

白色柔弱的翅膀在颤抖

掌心手纹　纷乱地诉说着什么都没有

你离去的背影异常明透

等石头　开了花

还有很长路要走

这里荒凉得触摸不到你的双手

我终于　明白了

爱情在反方向逃脱

你永远看不到花开灿烂的结果

怀辛波丝卡

你说，

你和你的衣服在进行着

一场名叫时间的竞赛

最后，

你输了

可是你不知道

衣服会遗忘

丢弃在柜子最深处

被时光一寸一寸腐蚀

一寸一寸镌刻的是

你的诗篇

像恒星般透过时间走过的阴影

高悬在清冷的夜空

你在人的心田里

用笔浇灌失无所失的花园

红色是汗水

白色代表执念

以爱的名义

向光的更深处

种植并歌唱

我途经你的盛放

目睹你的繁华

轻啜着

你捧出满怀的葡萄琼汁

它跳跃着生命的火花

静静地

坐在紫罗兰花架下

你我各自沉默不语

看着来时路长

不管去时日短

倾听夜莺诉说结束与开始

骑士的梦

我们真的确定我们的真实身份吗

就像一字排开的卡

里面写着居民身份证号码

贵宾卡的九折优惠

驾驶执照的牌照有效期

再加上，一张红色的结婚证书

上面写着端端正正的亲笔签名

还是，在了解到自己真正是谁之前

我们已经开始幻想

一个所谓的真正的自己

存在于

一个所谓的真正的世界

做个骑士　拿着刀剑

戴上盔甲

像个英雄

行走在丛林险滩的边缘

击败捏造的敌人

畅饮一番

于是

你总是指责我

那些我说过但未曾兑现过的承诺

于是

我总是试图解释

那些已消失了的无法再存在的活着

我们开始习惯

用想象的阳光和点起的灯

来代替争吵和误解

以制造和谐

我们也习惯了

用想象的英雄和敌人

来制造拯救和降服

以代替信仰

我们在一幅永不落日的季节里

高唱收获与丰美

当个真正的理想主义者

居住在最理想的国度里

现实看起来愈沉重

自我飞得越高

不要拉响门铃

让我再睡一会儿

闭着眼

我才是真正的骑士

倒退着出逃

俳句

1

深夜的雨在
布拉干萨街歌唱。
无眠在流浪。

2

嘉模的天空
白鹭掠过灌木丛。
云在水中走。

3

午后在何东
手在书页间翻动。
日照到黄昏。

4

疯堂的香樟
沙沙地唱着一支
褪色的歌谣。

5

阿婆井的水
滴滴答答，答答滴。
让我，想起你。

6

东望洋灯塔：
为黑暗静谧的夜
撑起了黎明。

7

坐在白鸽巢，
听白鸽轻轻合奏：
归家的回音。

8

亲爱的，你听：
玫瑰堂的钟在响，
谁在做祷告？

9

妈阁娘娘说：
"见我，就如见希望。"
远方，看见吗？

10

攀上悬崖为
采摘一缕相思味
蝶梦里叹微

11

生命的箭矢
不留恋静止的弓
疾速飞行中

12

饮一杯清辉

萋萋树叶如雨下

听歌声兼葭

13

我们的青春

应如诗般浪漫，又

如歌般轻狂

14

荷叶上有水

轻轻晃动如珍珠

蜻蜓飞过处

15

初遇时花红

我陪你静静站着

影落在眉间

16

我们结婚吧
爱情，是为了遇见
而你正好在

17

花落眼入迷
山岚里苔藓正绿
我溯溪为你

18

陆游与唐婉
绝唱一曲《钗头凤》
爱向死而生

窗

窗外的摩天轮又转了三圈，
闭上眼睛，世界开始爬升。
你说，我们会碰触到天堂吗？

桥

我们随手撒下彩虹，
从黑的此岸到明的彼岸
花盛开的温暖

船

船顺着风走，顺着水漂，
三月的杨花落满我们的肩头，
这是我们的杨花，我们的青春。

路

路本是停不下的旅程，
尘埃卷进你的长发中，
让我们把阳光裁剪成最奢侈的烟火。

泪

有时就算流泪，也无从悲伤。
那样的泪，只是单纯的泪而已。
没有任何感情可言。

夕阳

夕阳剩下一片暖色
由海面向身旁晕化开来
温暖了整个春天

蝶

他们说，

要成蝶，

就要忍受冲破蛹那一刹那的疼痛。

要飞翔，

首先要经过死亡。

虫

移动弱小的身体，
仰望无垠的天空，
谁的天空？不知道。
我的天空，在哪里？

茧

我们在自己编织的世界里，
蒙着眼闭着耳欢呼雀跃。
告诉自己，
世界很黑很安全。

蛹

等待是漫长的打坐，
是什么在向我们招手？
是什么在呼唤我们？
睁开的双眼是割破黑暗的利剑。

跳房子

童年跳房子画下的白线，

如今指着寂寞的笑脸。

你银铃般的笑散落在回不去的从前。

纸飞机

要过多少年，
要过多少岁月，
我的纸飞机，
才可以飞过那样漫长漫长的距离，
飞到你的身边。

竹蜻蜓

一圈两圈，
世界开始在我们手中转起来，
写满层层叠叠的思念，
漫天漫地地流窜。

秋千

天很蓝，云很白，

我问你，飞翔的感觉是什么？

你指着操场的秋千，说，我教你飞翔。

于是，我的人生从此舞起来。

支流

不甘心随风的逐流，
不甘心了无声息的缄默，
那一段被反复歌颂的旅程，
在心里日日夜夜不停地演奏。

江河

这一路的艰辛应该被祭奠，
这一路的波折应该被怀念，
是手中的利剑，
劈开条条阻隔的锁链，
融合成广大的明亮。

瀑布

是美丽如悬挂的银白色绸带舞出的氤氲，
是猝不及防的落差演绎的悲壮，
而那若隐若现的斑斓，
见证了所有的精彩。

大海

这是地球最美丽的一颗眼泪，
一切的旅程在此结束，
又从此开始，
注定了是一场不曾停息的轮回，
却始终无怨无悔。

真相

我爱你，

不是因为你是谁，

而是我在你面前才可以是自己。

守护

我像守护玫瑰一样守护着你
一旦你离开
我便只剩满地荆棘

独醉

我周而复始独醉于此
只有回到那醉酒之处
我才能彻底清醒

伤

喜欢上了夜，

因为受伤的人看不见伤口，

这样的自欺欺人可以得到些许的安慰。

寂寞

一个人寂寞太久，
会忘了语言的温度。

它填塞着裂缝，
荒芜的疼痛，
一点一滴刻在骨骼上，
总是轻而易举地忘记自己对自己的承诺，
日复一日地对自己催眠。

隐忍

有这样一种人。

有一双关心疼爱且忧伤的眼睛，

默默地站在身后随时准备给予温暖，

没有给过别人伤痛却一直站在受伤的位置。

时 光

都是时光曾经存在的印记。

生命亦是一段看不到终点也无法有归途的长路。

永远也不知道自己手里的时间还有多少。

有时候我们都这样地伤心，但从不表达。

告别

这是个连再见都无关紧要的年代。

总是在走，在离开，在路上。

没有停止的一刻。

一直走，走到世界的尽头去。

七月

七月，

日照一天比一天漫长。

日光照在皮肤上激荡起热度。

脸庞在与天空的对峙里渐渐变得潮红。

混杂着泪水，

模糊了理想的轨迹。

那些飞过去的，

是年轻的灰烬。

与青春里无尽的，

赞美诗篇。

疼痛

人只有在疼痛时
才会发现一个人的悲哀。

那时就会希望
只要有个什么人在都好。

可以不用给予温暖，
不用给予安慰，
只要不再感觉是一个人。

措手不及

心里一直很压抑，
空气中大把大把不安分的水分子
让人很容易发脾气，
心中大片大片的荒芜快把我窒息，
绝望的潮水一波一波向我推开去，
我措手不及。

印记

坐在巴士上，

看着窗外飞逝的风景，

一站一站地过，

就像穿越过往的青春韶华。

然后发现自己的印迹已

深深地烙印在这个城市的各个角落。

那条街是我们一起走过的青春的街。

那个路口是我们遗落在口袋里的幸福糖果。

那首歌在无法成眠时被我们反复歌唱。

那个人随手扬起的衣角唤醒了整个冬季。

在不经意中已把全部的感情

种植在这个小小的城市。

可惜当时懂事得太慢，

现在后悔得太晚。

影子

手腕上的手工银环

脖子上的吊坠

食指上的戒指

都是他送的

那条白色连衣裙

以及床头边上的毛绒玩具

还有写得满满的笔记本

都是他买的

电脑里的 CD 是怕她无聊时给她听的

桌上的书是和他一起选购的

饿的时候是他买东西给她吃的

她迟到时是他站着等待的

她不开心时是拿他当出气筒的

她寂寞时是他陪伴的

他的气息充满着她身体的每一个缝隙

什么样的不再见才是真正的不见

柳树垂下沉重的眼帘

要怎样

要怎样才能变得更加地强大？

要怎样才能看清所有阴谋背后的真相？

要怎样才能清楚地知道我重要的你需要的到底是什么？

要怎样才能明白自己心里真实的想法？

要怎样才能让自己不会对有的事有的人感到无望？

要怎样才能知道自己想要的是什么？

要怎样才能选择一条自己真正想走的路？

要怎样才能做到既不会伤害你又不会让自己难过？

要怎样才能让那些爱我的人不再为我担心？

要怎样才能让自己坚强点不再为突来的黑暗而哭泣？

要怎样才能做自己想做的事去自己想去的地方？

要怎样才能相信这个世界其实很美好？

要怎样才能不再说出要怎样的话来？

突然发现

有时，
会突然发现
身边经过的都是一些
更加年轻更加生疏的面孔
这些面孔就像曾经的我们
光滑，没有经过岁月的雕琢

有时，
也会突然发现
我们谈论的不再是风花雪月
也没有莺飞草长的浪漫
而是符合这个年龄应承受的话题
如事业、婚姻，还有投资理财

心情像不期而遇的春天
潮湿，并散发出一阵阵发霉的味道

不为人知的地方

也许在每个人心里，

总有那么一块不为人知的地方。

那里装满所有的黑暗和悲伤，

然后只能在午夜翻出来看。

那些东西，不知会不会变质？

不知会不会风干消失掉？

应该不会吧我想。

因为都是那样刻骨铭心。

很冷，却又是那么热烈，

就像一场繁华的衰败。

有些东西，是注定要一辈子祭奠的。

放不开，也无法放开。

苍老

仿佛在一瞬间，
人已变得苍老，
只是时间忘了给我皱纹和白发。
在宣告成长的那一天，
我的世界只有我一人，
曾经的朋友散落在天涯，
而我只能站在海边望眼欲穿。
身后的路已经崩塌，
我不能回头，
所以只能继续向前。

文字

从笔尖流出来的文字

如夜一样地冷艳忧伤。

就像涓涓而流的黑色的潮水，

穿过我们的十六岁。

穿过那段在夜街上游荡、

在雨中漫步、

在石头上感受飞翔、

在繁重学业下呐喊、

在阳光细碎斑驳身上、

在一去不复返的十六岁的光阴里。

23

这样的感觉

就像

草在天上飞

云在陆地走

登山缘木采芙蓉

临渊涉水取幽兰

这样的感觉

就像

木棉往地心生长

不小心把整座城市燃烧

杜若逆水向上拔节

纷纷然整个天空满堂

这样的感觉

于二十三岁的荣华

就像

金钟倒挂

射个满弦

五音齐鸣

鼓动椎桄翮翮

梦

梦里
他牵着我的手

走过繁花落尽的枝头
走过天长地久的荒芜
走过一圈圈蔓延的年轮
走过那些奔腾着绝望的黑色长河

他那弥漫着模糊雾气的脸
是一袭华美的长袍
给我一生一世的安慰

我睁开眼睛
幸福慢慢褪去
无限延伸在天地里
视线没有终点

遗失

我是没有根须的浮萍
只能接受漂泊和落差
可是
我忘了把过去忘记
所以我
只能在汪洋大海里
沉沦
上帝赐予我
无穷无尽的胡思乱想
让我在枯井里恐惧
看着周而复始的黑暗
和绝望
如果遗忘可以很容易
我就不必在回忆中
枯萎

游戏

杀人游戏里，呈现出来的是，
软弱，猜疑，欺骗，不安。

杀人的人担心不知什么时候被警察杀
但又享受着杀人的乐趣。

警察即使知道谁是杀手也不敢明说
怕在下一轮被杀手杀掉。

被杀人的人怀疑是自己
最好的朋友设计。

活着的人不得不接受别人的怀疑
以及怀疑别人。

在死亡面前，
传来世界崩塌的声音，
但没人听见。

毕业祭

时间

在笔尖划过白纸黑字的试卷中

在你一举手我一垂眉的交错间

一点一点地发酵

一点一点地消失

然后一点一点地挥发到天空

变成水蒸气，

砸到我们每个人的眼睛里

从此模糊了彼此间的焦点

来不及说完的话卡在喉咙中没有了声音

来不及做完的事停在半途中失去了意义

这一切，是离别？

是未来的各奔东西？

可是，还好，还好，

头顶的还是同一片蓝天

呼吸的还是同一种空气

所以，过了这个七月，

我们还会继续

视线越过高墙

地平线是背景

梦想很近很近

附庸风雅

用线条勾勒你
眉如清华，眼如画
唇似点绛，颊似霜
你是我眼里最美的新娘
我帮你穿上最风光的嫁裳
我们说好要
认真地附庸风雅

在时代昏黄的夜晚
一个人的守望
变成两个人的地老天荒
面朝远方
总有等待的乌托邦
我们约好要
高贵地附庸风雅

以梦为马行走天涯
不同的方向

悬挂起各自的飞翔

盛世燃烧尽风华

沉淀出爱的重量

我们誓死要

骄傲地附庸风雅

永夜与晨曦

夜里

指尖上的香烟点亮方向盘的孤寂

一阵风从后背突如其来

一个人坐上了我的车

借根烟。

他沙哑的声线如被鞭笞的呻吟

搁浅在夜的咏叹里

黑暗中，我们在倒后镜里互相对视

窗外的风景轮流休眠

而我们都太累了

你要去哪里？

虚无的方向在何处？

我并非迷失

这是我走过最远的路

微红的闪烁中

他从肺里最大限度地吐出一口气

兄弟，我是个被白昼遗忘的人
我混迹在人群里
辨识他们的表情和动作

点数、酒精、疯狂的呐喊
只有正确的玩法才最重要
你要知道什么时候进击　　什么时候投降
什么时候握紧　　什么时候放弃

我试图寻找信仰和毁灭的路标
分开又重合　　重合又分开
无形的手一次次把我带回幻觉之中
一直无法停歇

每一手都是赢家
每一手都是输家
牌中尽是人生
我却读不懂人心

你要知道生存的秘密
晨曦会从极冷的雾霾中闪现
而最坏的事情
就是死在睡眠之中

你要用一个罩

罩住自己那团反催眠的火

接受垃圾　回收自己

他捻灭指尖上的香烟

黑夜敛去他所有的表情

只有他的声音是无尽的喘息

最后的红灯亮起

他打开车门　回到最初之地

不见你

晚霞追着云跑
可是，却不见了你

花向着雨弯腰
可是，却不见了你

陶菊在重九时开
可是，却不见了你

苏月倒挂荒垓
可是，却不见了你

滴露滴尽　莽莽苍苍　日月闲闲
可是，却不见了你

听更听罢　渺渺茫茫　天地凉凉
可是，却不见了你

燃一盏青焰的长明灯

可是，却不见了你

风沙席卷过境几次

可是，却不见了你

夕阳饮尽黄昏

可是，却不见了你

二十二桥枫与叶

可是，却不见了你

不见云南

五月，忽然开始想念云南
想念香格里拉的云南
想念雪峰顶上日照的云南
想念雨打湿青石板路的云南
想念你背着行囊，走过的云南

想念云南，
一声铜铃一声弦
木阁楼上酒旗招展的云南
猫咪抱着尾巴，
牧羊犬在守望
水车旋转，
转出日出转落月落
还有飘着酥油茶香的云南

云南在喊我，
火把点亮
荒老的星穹，在喊我

旋转的东巴舞，

铺展开，回荡

一圈又一圈，圈圈在喊我

纳西族的你在喊我

拂去衣角残雪

摘一枝梅花吐蕊

月光凉，空中搁浅

金沙江奔腾在血液里

共饮杯中酒，听罢鹧鸪啼

蓝的冰湖，

绿的草原

白沙雕刻壁画，

幡旗上灰鹰盘旋

时间静止，

中间栖着黑瓦屋檐

你带笑的嘴角，

是绽开的朵朵红莲

踩过夕阳，

唱过雪月风花，流水汤汤

一座雪山，

埋下数千世的日夜和秘密

转经轮下，

拨动多少串念珠才能被听见

身后古马道，
抬头遇见一片蓝天
屋前院落，酿酒或煮茶
并肩看，花开刹那

玉舞人

是否还记得
也曾有人像我一样
注视橱窗里
你的容颜如玉
舞姿如绕指

是否还记得
也曾有人如我一般
赞叹高台上
你双袖起风云
纤腰轻转折

橱窗外的人
已穿梭过三世
高台上的花
已开过三个轮回
天正微微亮
那个你等的人

是不会来了吧

收起你的袖和等待　归家吧

归家的路虽已荒寒

至少还有

一片月陪你流浪

至少还有

一声更漏为你守候

一曲相思长如秋水

也会断弦

一舞翘袖折腰

也得收场

落叶飘落

才晓余生还未走够

看过情缠　历过情伤

总有人记得

有人中途放弃

爱过恨过

心事再不说破

一滴泪划过

碰灭他的烛火

是你的缘浅错过了我的情深

我的珍藏遇上了你的福薄

烟雨下

烟雨下

绿叶阴浓

一曲蒹葭

起弦风满楼

棋盘坐

黑子白子峥嵘落

梦里看尽繁华过

回首已万秋

她轻轻低头

浅谈声中花带酒

青石板上

马伴铜铃扣

采莲歌

窗外柳下兰舟过

摊开一纸

笔头风月轻蘸墨

题枫叶

点风波

迷阵愁

姑娘笑说

山河尽在君帷幄

一语成谶

夜如何

不知泪痕多

黄芦岸

白苹渡口

为君擦拭缨枪头

此去空空茫茫

只见白鹭沙鸥

闻说塞外雁不过

如何知君忧

急令频传

不管鸳鸯梦惊破

又是一年

骤雨落新荷

池塘里水阁中

偏是天气凉多

素手起风弦

曲调却无人应和

两轮日月

来往如梭

谁家姑娘在等候

元月前后

十二楼中卧

雾起潇湘

霜隔江波

谁人相伴梅花瘦

分分合合

闲将往事思量过

贤的是命

愚的是我

夏令

我赶五百里路，
就为了追寻那一抹渐落的夕阳。

我知道，它在那里，等我。
我将拂袖卷起一笺彤云，
别在纯白的衣袂上。

采来流墨光彩，
摊开方尺丝缕，
镌刻呼吸和聆听，
还有落叶的如影随形。

远处的炊烟，
停留在飞鸿居住的寸半天地，
俯身掬起一掌清泉，
与君觥盏日光。

它知道，我从这里，赶来。

也许，我会路过一片海棠，
刚行过酒令填了新词。

也许，我会遇见一场雨，
惊起了杨柳碎了池萍。

也许，我会渡海过津，
曾悲凉也曾绽放。

来，唱一首赞歌，吟咏荒寒，
留下海角天涯，遍地生花。

美好，都刻印在古老的故事里。
于是，我们相见了：
凛凛暮色游离云外，
暗夜渐沉，点点星光寂灭。
蝼蚁鸣，凉风厉，独月笑。

来也迢迢，去也须臾。
命和运，无非相遇与别离。

散漫的冬日

如果生命可以用季节来划分，
也许这一年我已尝尽了所有。

他在我背后张望，
我在你泪里流淌，
你从他身边走过。

当晚风吹起发梢，
回望来时路，
最美好的时光，
倒映在斑驳的光影里。

那些自以为是的日日夜夜，
变成黑白手印，
交织着占据着日记的角落。

我听着你的歌，
哼着你熟悉的旋律，

却再也想不起你昔日的嘱咐

和临走的道别。

而我要以什么样的方式怀念你？

过去，

现在，

和未来，

永远是永远的谎言。

在这散漫的冬日，

开始一场躁动却又

不知所终的旅行。

天地为铺，

文字为被，

以爱的名义，

踢刃而行。

谜

很多年后，
我才渐渐解开命运
安排给我们的谜，
我才明白，
在我们的生命里，
总会有那样的一些人，
他们在你需要的时候适时地出现，
给你温暖和慰藉，
陪你度过那些艰难的年月。

到最后，
能继续留在身边的固然值得庆幸，
而对那些离开的，
我们也不应该介怀或哀伤。
就像你的离开。

我们在一起时，
你给的温暖已经很多。

然后你离开，

我就应坦然接受。

彼此记住和拥有的，

就这些曾经给予过的温暖已足够。

之后我们越过生命的交集，

各自朝着不同的方向前进。

然后在下一个生命里出现。

以相同或不同的方式给予

或接受温暖，

之后再决定留下

或是离开。

生命就是在这样不断的交集中，

一次次得到扶正。

我们在温暖中一次次逼近

生命存在的真相。

图书馆

在何东图书馆看书。

馆内的花园，

有鸟偶然飞过，

却又倏地逝于雾中，

空气中留下被翅膀振动所扰乱的气息。

园内的假菩提树已收敛住

年轻时那副雄赳赳气昂昂的英雄气概，

随着年龄的增长，

自形成一种内在的沉重与端然。

看似不可侵犯，

却又散发出一股温暖敦厚的气息。

有风吹过时，

树叶婆娑，

像是吹起了欢迎的号角。

一隅的喷水池水声哗啦作响，

池水清澈见底，

映印着树影。

依傍着图书馆外围的那些楼房，
经过半个世纪的风霜雨水，
已泛出暖黄的古铜色，
但仍在天之下地之上，
根有千千结的，
屹立不倒。

将近中午时分，
雾渐消散。
天空稍露白光。
抬头望出去便可看见深蓝的天空，
种满绿色盆栽和花朵的低层屋顶，
以及向南生长的高大假菩提树，
在这里，时光成为一种奢侈的享受。

来时路

没有人站在来时的路上。

我亦不再回头张望，

只是往前走。

这么长的时间过后。

你们已经彼此消失了。

你知道，

有些想念会随着彼此的消失，

渐渐变成了空白。

如同永恒。

我们真的要走到很远，

才能够明白，

自己的家曾经在哪里，

又是如何的，

不能再回头找到它。

我们真的要过了很久很久，

才能够明白，

自己会真正怀念的，

到底是怎样的人，

怎样的事。

南方以南

南方以南，

风吹过的地方。

传说，

那就是故乡。

是漫天飞舞的雨，

落在身上，

丝毫感觉不到半点冷意。

我仰起头，

让水珠落进发里，

滑过脸庞，

我记得那时的天空是灰蓝的苍白。

远远望过去，

村里的灯开始一盏一盏亮了起来，

隐隐约约，

在雨雾中像化开的黄菊。

我在外婆的呼喊声中，

奔跑回家。

我坐在藤椅上，

望着天井，

听雨落在木桶里，

叮叮咚咚的声响。

我一直在想，

到底要如何才能收集满

这漫天遍地的雨？

我站在田里，

看着雨一步一步从天边走来，

如此轻快又不可一世，

而我的头顶明明还是

一片流光溢彩的晚霞。

我闻着稻草燃烧尽后，

混着泥土和雨的气息，

天空由远而近而灰蓝。

天色渐苍茫，

人如置身时间荒野，

没有语言，

色彩丧失了意义。

经年以后，

我才发现，

这个地球上确实有样东西可以容纳

接收所有下落的雨，

它的名字叫海。

它出现在我小二的课本上。

但我生存的地方，

看不见海。

我所能看见的只有土地和田野，

雨过后留下的泥土的清新草腥味，

以及深夜的天空里星子如

钻石般的光滑和美丽。

站在地面向上望，

它长久如永恒。

可是，

终于有一天，

我要向它告别。

那时的我，

还很年轻，

那些且歌且行、

疏狂流连的日子，

被我转身埋藏在时光的刻度里。

我对着大地说，

你留或不留，

我走或不走，

都只一念之间，

此后天地，

相望为守。

听闻，

故里的四月，

雨水纷纷，

桃花又开了几轮。

屋檐下，

有谁还在痴痴地等？

在晚霞飞落的黄昏，

静默的石坊门，都不忍再问。

梦深之诉

清晨醒来时，
天微微亮。
门口的罅缝里，
渗进点点灯光。

外婆已在厨房里开始忙碌。
木材放进火炉里，
吱吱声噼啪响。

缓缓地，
清早升起的第一缕青烟，
开始缠绵盘旋在日出底下。
然后，是疾速走路的声音，
瓷碗和竹筷欢快碰撞的声音，
母鸡带着小鸡走出竹笼，
扑腾着翅膀的声音，
水在石井里滚动的声音，
风悄悄从窗棂走过的声音，

树木伸展枝叶的声音。

而我躺在厚暖的棉被底下，
看着日光一寸一寸加深。
在这样一个普通的早晨，
声音嘈杂而温馨的早晨，
在灯火摇晃的暗夜里迎来第一缕晨光的早晨，
一颗眷恋的心一圈圈泛起。

只是，这个只是，
要用多少岁月来抒写？
太过遥远的记忆，
最终变成了最深的梦境，
一觉醒来，
再也看不清往昔的眉睫。

我路过江南烟雨，
漠北荒寒；
曾站在滇藏的边境，
彻夜听尽金沙江奔腾；
也在异国的中元节，
仰头望见同一轮月。

你问我到底在追寻什么？
我怅然无语。
也许，正因为不知，

所以才一直寻找；
而我也相信，
那个答案，
它会和时间的某一点重叠，
那便是相遇之时。

而相遇之时，
你还能认出是我吗？

当我再次来到你面前，
我们隔着一块木碑。
你误闯入河心，
葬送了所有的血和泪，
以及等不回来的我。

我再也听不到你呼唤的声音，
回忆尽头，
当年雨声依旧凛冽。
那个梦境，
一次次出现，
滴答滴答，
连时光都憔悴。

我依然坐在布满尘埃的古老藤椅上，
想象你还在身边，
不管人来人往已路过多少年。

想要寻找的心，

终于在泪流满面里，

被填补了。

我回到了最初，

这竟是我一直寻找的地方。

年华

我的年华在掌心不断地翻滚，

升腾，最后归于平静。

于是，一年、一年就这样过去了。

我站在悬崖边，

迎着风，

倾听着嘶哑的飞鸟浅唱着古老的沧桑，

歌声在夕阳的余晖里暧昧，

在稀薄的空气中变质。

看着日落又日升，

潮涌又潮退，

在一年又一年的光阴中，

我终于还是渐渐地，

悄悄地长大了。

记忆

记忆，
定格在来路，
被时间逐寸斑驳，
变得面目全非，
我被卷入时间的洪流，
浩浩荡荡地向前奔去。

现在，
我才明白，
记忆与我总背道而驰。

我一次一次地驻足，
一次一次地回首，
看见一段一段长长的记忆
在黑暗里消逝。

我难过得想哭。
我拚命地想要回忆，

一大片一大片的空白却让我恐惧。

过去不断过去，
于是，
我忘记了开始，
也不知该怎样结束，
怕自己什么时候会忘了回忆。

我问她，
我可不可以选择回忆？
她说，回忆，是致命的伤口，
也许忘记才是最好的选择。
在回忆里覆灭？
还是在忘记中永生？
水晶球不管在巫婆手里，
还是在皇后手中，
我都想问个明白。

夜

不知从什么时候开始，
我喜欢上了夜。
喜欢它的宁静和祥和，
喜欢它暧昧的黑暗包容着世上
一切善与恶，美与丑。

当夜以它顽固的姿势铺天盖地地
降临在这个城市时，
我抱着双膝，躲在角落里
听着时间赤着脚欢快地
从我面前走过的声音，
我丧失了所有的语言。

这一刻，我想，我是自由的，
同时也是孤独的。
孤独的人是可耻的，
所以我也是个可耻的人。
要不然，我怎会肆无忌惮地浪费时间，

看着自己的生命一点一点地消失而开心地笑了？

她说，在每一个漆黑的午夜里，
悲伤在黑暗里脉络分明地凸现着，
痛苦便像潮水向我涌来，我无处可逃。

她总是这样，常常说一些支离破碎的话
使黑暗变得更加地绝望。
我却很喜欢听她说。
就像喜欢夜一样喜欢。

我站在十六岁的悬崖边，
看着生命的来路和去路，
就像一场天光，丢失着岁月皑皑，
我难过地哭泣着。

十七岁的天空

只是不想你知道，
让我忘记伤痛的人是你。
只是不想你知道，
愚人节的承诺不是玩笑。
可是却让你知道，
我的无所谓和放肆张扬。

思念你是我永恒的珍藏，
相信那是落叶归根，
百川聚海的宿命。
我相信大海是颗美丽的泪，
装满了我对你深沉的厚重。
我也相信，前世今生，
是缘让我们相识。

不知从何时起，
喜欢同你一起无拘无束地打闹，
喜欢打闹后彼此脸上明亮的笑容。

也许，青春的拥有是奢侈的，

就像太阳碎了一地的

金黄，昏眩，激情。

可太阳正是有了你的珍藏，

才会保有它的光辉。

遇到你是我一生中最华丽的放逐，

就像在幽蓝的海底，

两条孤独的鱼因为相同的目标而游在一起，

彼此温暖，彼此陪伴，

这种感觉不是用言语可以形容的！

于是，就在那一刻，我选择了沉默……

虽然现在我已变成燕子飞向蓝天，

一切都回不到过去，

而我唯一可以做的就是要自己一直记得，

一直记得你曾经给过我的快乐，

一直记得曾经一起走过的日子。

我想，我不会忘记你，

就算海枯石烂！

我飞走了！

你却化作天边的彩虹，

用你的色彩铺满我前行的道路，

美丽得让我沉沦。

从那刻起，

我知道了飞翔的感觉。

十七岁的天空，没有深沉，
喜欢望天，让自己自由地挥霍。

孤单

之一

孤单是半夜的时候
因做了噩梦突然惊醒，
世界瓢泼大雨，
你再也睡不着，
你抱着枕头，
镇静地喝下一杯牛奶
然后看了一本艰涩的书，
可是还是睡不着，
然后你清醒地躺在床上
看着窗外的天光一秒一秒地占领苍穹。

孤单是手机里的电话号码
越来越多，
每天接的电话
越来越多，

每天发的短信

越来越多，

可是当你突然看到一片

曾经在梦境反复出现的葵花田，

你兴奋地拍照，

大声地欢呼，

可是之后却不知道要把拍好的照片

传给手机里的谁。

那一瞬间你才发现，

一路走来，

始终只是自己一个人。

孤单是在新年钟声敲响时，

你转过身去才发现你想祝福

想恭喜的人不在身后，

于是那句"新年快乐"就突兀地卡在喉咙中

断了声线。

之二

孤单是你再也不会因为书里的情节

和自己的故事相似而大哭一场。

孤单是我站在这条经线，

而你站在那一条经线，

我和你之间隔了几点几个时差。

孤单是凌晨三点的键盘声，

一声一声像是敲给天堂听的密码，

所有的回忆转成故事，

神经抽搐着蜕皮，

羽化出一段又一段华丽的绽放。

孤单是观望夕阳的人，

突然一阵风，

所有的思念往上飘，

往上飘，

然后变成雨，

轰轰隆隆地落在

想念的人的窗台上。

孤单是你在一大群人狂呼时

突然地就安静了下来，

还没说完的话，

还没听完的故事，

全部在空气中游移不定。

之三

孤单是你经过篮球场时突然

看到一个似曾相识的背影在做投篮动作，

你停下来看了看，

然后笑了笑，

又继续向前走。

孤单是你听到曾经很喜欢的歌手

在唱自己很喜欢的歌曲时，

再也不会感动得大呼小叫。

孤单是你看着以前的毕业照，

看到以前的朋友笑得肆无忌惮的面孔时

却再也想不起谁是谁。

你只是模糊地记得谁的红发卡

卡在谁的白衬衫上，

谁的笑容撒在谁的睫毛上。

孤单是你终于完成了

这一段冗长的倾诉，

因为你除了写下这一段话给自己看，

你孤单得无事可做。

三月的天

三月的天，
持续阴沉，
薄雾笼罩，
看不到天空颜色的变化。

但是，春天的脚步狂风骤雨般，
似在一夜间，
破门而入。
不经意抬头，
发现原本还枯槁的树木，
不知何时已换上一袭
清爽的翠绿；
而开成花河的杜鹃，
不小心会把眼睛灼伤，
如此猝不及防。

白鹭栖息滩涂，
时而低空盘旋，

时而仰天鸣啼呼朋引伴。

木棉树挺拔矗立，

花朵繁盛水平向上绽放，

似要烧红半边天。

春天已在眼前。

爱

曾经看过岩井俊二的电影《情书》：

大雪茫茫中，

渡边博子跪在雪地上嘶哑着喉咙

无数遍地哭喊：

"你好吗？我很好。

你好吗？我很好。"

似乎只有这时，

所有的情感被释放，

幻化成一声声撕心呐喊的时候，

你才会明白或许不说的情话，

会是最窝心的痛；

不曾探知的爱，

是不可承受之轻的憾。

爱到深处，

所有的语言和文字都是苍白和无力的，

再浓烈的情感一旦到生死离别，

到最后也只不过化为一句

最简单不过的呼唤。

世界在呼喊中变得好安静，

渡边博子的声音交织融汇成

一条声线，不断拉长，

拉长，拉长……

直到，缠绕出一整个季节的奇迹。

大理短长焦

（一）

白墙黑瓦，

小桥流水人家。

三层房，

墙上的水墨画，

门前的梅花，

屋顶尖角的飞檐，

农夫煮茶话桑麻。

三道茶，

苦的，甜的，回味的，

就像人生历尽的风霜，

回头时释然的一笑。

倒挂的金钟，

迷离的曼陀罗，

还有那溶洞，

那样地巧夺天工。

蜿蜒的山峰，

迎面的风，翻飞的海鸥，

轮船离岸鸣响的警钟，

定格在对焦后的镜头。

（二）

那一下午，

五点四十五，

夕阳成倾斜角度，

在山谷跳舞。

坐在咖啡店里屋，

透过窗户，

路人加快的脚步，

嘴角的弧度，

生活其实挺富足。

粉红樱桃花，

摇曳在温暖的街角，

饱满的花瓣，

铺天盖地，压低了枝丫。

道路两旁，

一边垂柳，

一边枯树，

两种形态的生长，

简直令人惊讶。

走在古城，
踏着石板路，
看着悬挂着的一串串红灯笼，
以及仿古或仍存留下来的木头建筑，
感觉像在唐朝。

在一间酒吧，
点了一杯 cocktail，
橙汁调伏特加。
黄色的汁液在玻璃杯中晶莹透彻，
含在口里，
一阵清香的酸味扑鼻，
甜甜的，醉人，
但并不会醉。
木炭在火盘里烧着，
毕剥作响，
一群人围坐着取暖，
虽然天南海北并不相识。
墙上零乱贴着心愿纸，
两把胡琴，
还有各种人物的肖像画。
格子落地窗户，
可以看到外面经过的行人。
隔壁，游唱歌手那沙哑

低沉的歌声伴着吉他，

一声声弹奏在暗夜里，

不断回旋。

像一首前朝的绝唱，

撩起心伤。

丽江

丽江。

这两字，就像个梦，

一直悬挂在右手边白色墙上，

一抬头，便提醒我这是

将来某一天我一定要去的地方。

那时的将来，

遥远得像天边的一朵云，

远远地欣赏，

无法靠近。

我不断告诉自己要变得强大，

就是为了摘采天边的云。

直到现在，我终于有能力了。

当我站在丽江，

踩在它的土地上，

面对它时，

却没有了言语。

我不得不承认，

我对丽江来说，

只是一个旅客。

仅此而已。

那晚，

当我走在古城内，

因它的建筑成八卦图阵排列，

兜兜转转找不到出路时，

我不得不承认，

我只是个旅客，

我看到的永远只是它浮华的表面，

它的内涵是我所触摸不到的。

那条贯穿古城内的河，

河底清澈可见的水草，

转动的水车，

临水而种的花，

雕镂的木制栏杆，

垂摆的柳，

点亮的红灯笼，

坐在古桥上弹着吉他

歌唱的纳西汉子，

指示牌上古老的东巴文，

守在门口张望的牧羊犬，

奔跑而过的孩子，

悠闲散步的老人，
寂静的巷子夕阳微熏着时光。

真的，只是看不到，
并不是它不存在。

马车驶进内巷时，
感觉空气静了，
风轻了。

马车慢了，
走在石子路上左右摇摆着。
路窄了，
然而两旁依然有柳树垂枝，
浅笑低吟着。
有马经过身边时，
铃铛和着马蹄的嗒嗒声，
风致极了。

所望之处，流水，
鲜花，木制屋，条藤椅，
大红灯笼，飘动的旗，
懒洋洋的太阳下懒洋洋的人，
还有风中浮动的花香。
如此诗情画意，
连呼吸都觉得难过。

教堂

澳门有很多教堂，
我很喜欢。

西方的歌德式建筑，
严谨的对称但不呆板，
华丽而不浮夸，
没有锐利的宏伟却不失温柔。
暖黄镶白的色调，
有着稳定的冷静。

我常常陪着阿嬷去做祷告。
教堂不多人，
静得很肃穆。
阿嬷跪在长凳上，
画完十字后双手交叉，
虔诚地祈祷。

午后的阳光透过窗玻璃，

斜照着她微驼的身影，

圣母玛利亚宽容地笑着。

我站在教堂外，等着。

仰望天空，

它透蓝明亮，

不可测量。

大朵大朵的白云，

厚重起伏，

淡定而游离。

鸽子扑扇着翅膀从头顶飞过，

有的停落在教堂顶上。

这样的良辰美景，

在彼此的沉默中相对，

如此完美。

月

一直以来，

对月总有一份深深的眷恋。

在那个还不懂得用文字表达

自己的感情的幼年时代里，

每天晚上，

我总是跑到三楼的阳台上，

双手合十，

口中念念有词，

像个虔诚的信徒，

望着月亮，

对着它用不太成熟的语言

诉说着心里的小小秘密。

黑夜像绸缎般温柔，

月光流照，

远处的稻田在风的鼓动下，

层层推进着翻滚着，

像海水般此起彼落，

阳台上的盆栽映照出倒影，
沾着夜露窃听一个人的倾诉。

我至今想起那些日子，
那些因为月亮的圆或缺
而开心而悲伤的日子，
仍会心痛。
因为人是不应该那样简单地
快乐或悲伤的。
这是多年以后，
我渐渐明白的道理。

今晚，
我又找到了它，
虽然它被高楼遮挡着。
今晚的它，有些妩媚，
以下弦的姿态高雅地
倒卧在天幕里。

我退后几步，
突然发现，
在它上面有两颗星悬挂着。
这是多么奇妙的景象！
它正笑着望着我！
那么平和自然、
那么温暖的笑！

而整个天空，只有它的微笑。

我不自觉地扬起嘴角。

那一瞬间，

有关它的少年往事，

声势浩荡地清晰浮现，

时间空间轻轻打了个褶皱后

又回到最初点。

不同的只是，

当初的小孩已长大成人，

在跌跌撞撞之后竟忘了怎样去笑；

而它，

依然在最高处俯瞰，

远离人群，

云淡风轻地观望人们演尽悲欢离合：

看他们如何在现实与梦想间挣扎，

在混沌与清明间徘徊，

在痴恋与遗忘中纠缠，

在逃脱与责任的夹缝中喘息。

它还是它，我却不再是我。

梦

你离开那晚，

我做了一个梦。

梦里是春天，

一条路伸向远方，

路两旁种满了大片大片的樱花树，

一阵风吹过，

粉红的樱花漫天飞舞。

我站在路的尾端，

而你站在最前端，

中间是飘落的樱花花瓣。

"等等我。"我在后面喊。

"快点。"

你越走越远。

然后，

你慢慢转过头来，

我清楚地看到你眼里的泪滴，

是水晶一样的泪滴，

随着樱花一起飘散。

可我无法向前。

双脚像注了铅，

无法向前。

我想叫你留下别走，

可声音被卷进风里，

淹没了所有想挽留的字句。

我伸出手要抓住你，

可你走得那么快，

那样疾速的步伐不曾为谁停留。

你坚定地说你只想离开。

于是留给我一个决然的转身背影。

醒来后，

发现伸出的手在空中曲成

一个寂寞的手势，

什么也没有抓住。

泪水冰凉。

再也无法入睡。

睁着眼，

听着墙上时钟的嘀嗒声，

一颗颗沉入时间寂静的咽喉。

稻田

我总思念着童年，
故乡的稻田。

某一个秋天的早晨，
我骑着单车一出门，
闯进眼帘的就是一片金黄。
太阳刚从山的那头晃悠着荡上来，
阳光透过薄薄的云层，
轻柔地笼罩着大地。

稻田的麦黄色与阳光的金色，
巧妙地融合在一起，
形成一种特有的纯金光芒，
折射在脸上时，
可以闻到清新的稻香味，
感受到湿润的温暖。
清晨的风很轻很柔，
拂在肌肤上，

连呼吸都很香甜。

我骑着单车沿着稻田
铺展开的方向走，
笑容一直荡漾在嘴角。
而到了冬天，
收割完稻麦后，
一大片的田地，
便只留下桩桩稻末，
它们似完成了一整个饱满人生的老者一样，
坐收黄昏谈笑风生。

每到傍晚，
整个村庄的天空便会弥漫着
烧干稻草的味道。
隐隐混着土地翻新的草腥味。
我很久以后才知道，
彼时这样普通的味道，
竟一年年如树的年轮般，
越长久越牢固地一圈圈结成我对
故乡深深的眷恋。

绿色

今年的夏天来了。

比往年更加热得不可理喻。

抬起头看到几年前飞鸟飞过去的痕迹。

很多的梦想在这个最让人感伤的季节里

缓慢而健康地拔节。

还记得去年夏天，

天空很蓝，

潮水般淹没投影。

一片荒芜白色，

逆光令大地上的所有变成点，

然后消失。

回避了毕业典礼上的生离死别，

大家或者欢笑或者泪水，

把最初的梦想扬帆。

当时的你对我说，

过了这个夏天，

一切都会变好，

一切都可以拥有，

我们会很幸福地生存下去。

我望着你那真诚的眼睛，

以及嘴角扬起的可以温暖所有季节的微笑，

相信了你给我的神话。

然而无论如何，

我应该明白，会者定离。

你走了，

沿着向日葵疯狂滋长的旅途走了。

你是只苍鹰，

想要停留却又眷恋远方的。

你是个渡船人，

把人从此岸渡到彼岸却一直在漂泊的。

当日子一天一天地过成了倒计时，

当回忆一片一片地成为秋天里的落叶时，

当我站在收割之后的麦田，

我就忘记了曾经翠绿成一个天地的誓言。

我知道你会与时间一样，

向前行走，继续，

没有任何理由。

而我，只能永生在此守候，

用沙哑的长箫为你吹平流浪的路。

蓝色

刚搬进学校宿舍时，

被安排到了最高的 21 楼。

当时我在日记中写下这样的一句话：

住得越高，是不是离太阳越近。

其实应该改为：住得越高，

是不是离蓝色越近。

苏东坡说，

高处不胜寒。

寒除了有寒冷之意，

是不是也代表了他那无限忧伤的孤寂呢？

早在多年前不见了盛宴

不见了童年放飞的单色的气球

不见了随手撒下的纸飞机。

它们脚踩蓝色轻风飘向了

我不曾预见的彼岸，

而我停留，在此处。

是该感激还是诅咒？

高中的梧桐树下，
你递给我的纯净水，
瓶身蓝色。

夏天炽热的操场上，
舞动的跳绳下，
你的发带蓝色。

下课后我们手拉手冲出校园，
拥挤喧嚣的人群蓝色，
我们深蓝色。

无数次走路，
街头拐角处，
你与我不经意地擦肩而过，
心跳蓝色。

你习惯用的日记本，蓝色。
我习惯用的中性笔，蓝色。

过去的日子蓝色。
伸手拉回来的记忆蓝色。
定格在照片上的时光蓝色。
永远成为蓝色。

黑色

不断想起很多以前不曾想起的事情，
已经深深地被埋进了尘土，
却在一阵雨水冲刷下，
重新翻涌出地面，
积蓄着力量和咆哮，
一瞬间摧毁了自己坚强的防御。

所有的感情都发生在温暖的春日，
燃烧在繁乱的盛夏，
溃死在峭寒的冬至。

离开的人终于离开，
回来的人还没有回来。
飞鸟始终飞不过忘川。

无论我们是否曾经爱过，
现在爱着，
将来爱了，

我们再也找不到他们。

有时候站在人群里突然地就沉默了，

那么多人围绕在眼前，

那么多声音环绕在耳边，

可是突然地就寂寞了。

最想看到的一张脸没有出现在

自己转身的瞬间，

最想听到的声音没有在

旁边温柔地询问"你好吗？"，

最想牵的手现在不知牵着谁的手，

最想去的地方不知和谁去，

最想得到的祝福不是你给的，

最想寄出的一封信躺在抽屉里面一躺就是三年，

最想说出的那句"请你留下"硬生生地

哽咽在喉咙中断了声线，

最想忘记的人从来没有停止过思念。

他们说走过很多的路跨过很多的桥

总会遇见一个崭新的天地，

可是为什么我乞求的一小片国度上天都不曾给予过？

乌鸦飞走，

麦田里留下的羽毛黑色。

所有的羽毛全部黑色。

红色

红色应该是种沉重的颜色吧，
因着血液的关系而变得敏感，
汹涌，疼痛，冲动，
残忍，血腥，唯美……
一切的一切在血液的推波助澜下
变得无法抵抗，
像是台风过境时摧城略地般无所不能。

于是心跳变成了一种呼唤。
每日每夜响彻在身体的某一处，
深深的不见天日。

在街上漫无目的地闲逛的时候，
有个熟悉的背影突然出现，
于是心跳了一下。

巴士经过忽明忽暗的隧道时
突然想起曾经陪坐在身边的你，

于是心跳了两下。

低头走路时看到一片落叶跌落在脚边
突然一瞬间怅然若失，
于是心跳了三下。

难过的时候，
心跳了四下。

开心的时候，
心跳了五下。

绝望的时候，
心脏停止跳动。
于是世界一片血红色。

学生手册是红色的，
里面的数字里面的叉都是红色的，
里面的年代是红色的，
里面留下的记忆是红色的。

一转眼，
时间走到了季节的末尾，
我站在十九岁的尾巴上，
才发现原来自己也已经过了
那个可以任性可以撒娇可以为所欲为的年龄了。

我想我应该长大应该成熟应该明白事理了。

可是，
可是为什么我一想到这，
心里还是会狠狠地痛起来呢？

就像一首歌唱的，
我一个人吃饭旅行到处走走停停，
也一个人看书写信自己对话谈心。
你们都离开，只有我留下。

不是时间忘了我，
是你们忘了带我走。
我望着大海，
沉默地想着你们。

我坐在巴士看着窗外的风景，
怀念我们曾经走过的街道。
我翻阅日记
里面记载着有关你们和
我的小小幸福和点点难过。

这里的一切都还没变，
可是我们彼此的生活已面目全非。
我不知道你们生活得怎样，
你们也不知道我过得好不好。

我们就像最熟悉的陌生人，

纵使心里有万千牵挂却找不到

适合的言语来表达。

我迷失了方向。

——你幸福吗？

——我很幸福呢。

简单的对话，于是就忍不住哭起来。

透明色

世界褪色了，

什么样？

不是褪成苍白的白，

而是褪成空无一物的透明色。

所有看不清楚的东西都消失不见了，

再也不用看清楚。

你像个天真的孩子一样笑了。

蓝天褪色了，

什么样？

那些终年不肯散场的阴霾终于

被天光破尽，

然后天光也一起消失，

离开的人终于还是离开，

没有人会再留下来。

我像寻找不到归途的孩子一样哭了。

亲爱的你褪色了，

什么样？

再也找不到梧桐树下反复推测的

思绪和青涩的情感，

一瞬间时间地点全部转换，

物是人非斗转星移。

送出的礼物全部收回，

拉过的手全部放开，

触摸过的地方全部冻结，

一起看过的花全部枯死，

一起走过的桥全部坍塌，

一起的日子全部倒退回来，

天崩地裂。

天地一片透明。

你的瞳孔也透明。

于是世界苍茫，

重归混沌。

然后呢？

然后只剩下我。

如果我也褪色，

那么谁来见证曾经五彩斑斓的世界？

谁来见证你走过的路面全部变成了蓝色，

你回首望过去的旅程全部变成了黑色？

谁来悼念透明色的你？

其实世界再也不用剩下什么，

有我就好。

我不寂寞，

我可以自己跟自己说话。

——你幸福吗？

——我很幸福呢，所以你也要幸福哦。

我不寂寞呢，

哪怕全世界只剩我一个人，

我也不愿意褪去我的颜色。

一路相随

海边的风，

依然是温而习习。

吹过假菩提树，

微微荡起冬日夜晚难得的寂寥。

风落在肩膀，

什么落在了我的心上。

像这样一个人，

低着头，走着路，

在海堤边，迎着风，

曾经那些繁华的记忆，

多年以后依然如晨曦。

一圈一圈来回往返，

这样熟悉的走路姿势，

远方的你，

是否还记得？

我们在最荒芜的日子里恰巧遇见彼此，

我们尽情地挥霍那近乎奢侈的年华，

风吹过后，

才恍然醒悟，

那些时光镌刻出如血液般的地老天荒。

那年高一，

我走进课室，

你正好站在窗边，

阳光洒落在你脸上，

你笑意晏晏。

我们在夜晚攀越操场围墙，

在无人的空寂的大操场上跑步。

只有星知道，

我们仰躺在冷冰冰的石板上，

诉说着最远大的梦想。

那年大二，

我们素昧平生，

因为一篇文章，

傍晚约在图书馆门口见面。

我们在学校健身房的跑步机上挥汗如雨，

淋漓尽致地燃烧所有。

在大炮台上坐一个下午，

从古诗词说到戏曲，

到民俗风化，

上天入地，

不过话下。

那年毕业，
离开之前，
我们绕着学校走，
想把更多来年的话全部说完。
我们从擦身而过的陌生，
到相濡以沫的相惜。
我们不互道珍重。
转身以后，
虽各自天涯，
却如影随形。

一恍惚，
终究不过斗转星移，
却时已过境已迁，
人在异国和他乡，
还道安好。
在这时光的河流里，
我们走着，
奔跑着，
翅膀在背后张扬着。
向远方的路走去，
我们一路相随着。

清河之上

我和她是初中同学，

毕业以后，

断了联系，

杳无音讯十年。

原本只是毫无关系的两个人，

只是曾经一起上过学而已。

甚至忘了彼时是否对谈过。

一个不曾幻想过有任何交集的人。

然而，时光不足以来衡量宿命。

十年后，

杭州西湖旁，

音乐喷泉开始上演。

我站在湖边，

看落日拉起云雾作帘，

深蓝天幕作背景，

宝塔灯光当陪衬，

湖水逶迤。

如此良辰美景。

她向我跑来，

我对她挥手。

面对面，

我已忘了她的容颜，

却仍然记得她的名字。

原来是你。

我们终于轻呼出声。

有些人，

即使朝夕相处，

也未必情深。

有些人，

即使经年不见，

却一眼天涯。

我们相视一笑，

一切已明了。

我们随意地说，

淡淡地笑。

那些陈年往事，

用成绩单堆砌的成就或黯然。

你明明坐在我身旁，

我却不曾回头看你一眼。
老师站在台上的歇斯底里，
台下的我们狂放不已。
还有，生活上的背井离乡，
工作中的艰难困苦，
社会上的光怪陆离，
国家民族的休戚与共，
以及，成长应持有的万分忍耐和坚持。

我和她明明隔着十年时光，
却在咖啡馆里秉烛夜谈至深夜。
倾听西湖水静静，
谁也不忍先走一步。

她带我去喝龙井。
坐在百年老树下，
我们摇着蒲扇，
看着花开云散，
风拂过脸颊时，
汗珠滴落，
心却清凉。

我们越过溪涧，
踏着古道，
抬头仰望高大的树荫遮顶。
那些远去的不懂珍惜的年月，

像被洪荒扫过，

留下一地清朗。

西湖的水再深，

树的年轮再密，

却镌刻不出相处几寸的日光。

金拉，

与君笑谈三千场，

不诉离觞。

战魂

（一）

"三更滴漏，
频剪烛花。
微光下，
军令在手箭在发。

挽起青丝，
卸下玉簪。
一心绝，
褪去罗衫换戎装。"

连烛花都了解
你把青春托付给了叹息
连白梅都低首
你把泪吞咽成奔腾的湘水

你说，倘若愿意
一粒飘尘会变成无数个太阳
一滴水珠会聚成无数浩瀚的海洋
可怜的蚊子发誓要成为无敌的雄鹰
还有弱小的麻雀，向往风雨中神圣的猎隼

（二）

"浅茶薄酒，
几声轻叹。
小窗外，
白梅斜逸下月光。

战马蜘蹰，
一步三望。
笑挥别，
从此日暮寻乡关。"

每个字都应记住过往的过往
以及将来的将来，每一根发丝
都知道，
你拂过的翠柳埋葬了多少个春
你踩过的地方绽放出几朵红莲
你照过的镜子，静静地
静静地，
留下你的影子

那夜，

月倒挂似弦

曾映过你微笑的嘴角

点点星河，

封印着玻璃般的仰望

当秋叶开始飘逝，

你能回来吗？你的梦，

还依然像一个不断飞翔破灭的泡沫吗？

你的眼眸，

看见了白发在风中颤抖

你的心，

放不下整个江湖深浅，而江湖

在你的手中，

至小，而渺

（三）

"几度潇湘，

又见阴山。

红缨枪，

戎马背上唱夕阳。

梦回章台，

孤吟风柳。

知惜颜，

无奈西风又促鞭。"

不见了

一望无垠的肥沃田野

不见了

一世长安的笛声牧云谣

沉默多过开口

血流多过泪涌

黄沙冲断了三百桥中桥

桥下逝去了今日和明朝

十六道丝结成了茧

问谁何时何日才能成蝶搁浅

听尽风浪松涛，

雾起茫茫

又是清明，

却恨光年短不盈

没有了名字，

没有了姓氏

一座座孤冢，

任萤飞，

任虫鸣，

任草长，

任刀戟相向而倾

任冰冷缨枪在灰尘中燃尽

（四）

"漠北夜凉，
边风萧萧。
吹羌笛，
又是寒食去时长。

金光铠甲，
刀戟鞍鞯。
号声响，
一剑舞尽平沙雁。"

天命如何，
路又如何
苍天以下，
黄土以上
都是茫茫。
你是不是还记得
从何处你来？
向何处你去？
有种从前，
只昙花一现
记住是唯一的记号
有种以后，
是狭路相逢

相遇便是宣战

穿过长满荒草的季节

沐浴着日暮途穷的夕阳

曾伞撑三百个夏天的森林

被葬送在午夜流火的喧嚣

如果前世种下的是一粒种子

今世会开出最绚烂的花

当乱马嘶鸣，

铁蹄践碎黎明

黑夜结束之前，

能否荡涤这半生逐鹿？

（五）

"急令频传，

四起烽烟。

青冢乱，

铁骑踏碎生死忘。

战乱非罪，

风沙满天。

军魂志，

一叹兴亡顷刻间。"

不能转身

前进，

睁眼看尽悲哀

画地为牢，

不逝的暗与白

泯灭最后的轻叹

红色的影搭着红色搭着影

黑鹰过后后有黑鹰盘旋

盘旋内有烟内有烟内有烟

升起千丈白骨蠹成的尊严

死亡并不寂寞

就像黑夜会降临

河水会倒灌成海

无数星星终于点起了灯

一盏是你，

一盏是我

共同照亮了尘埃的心事

它们是轮回，

是信仰

它们是寻觅，

是闪烁

它们是关于无法逃避的宿命

以及生了铜锈的梦

它们是希望，

也是绝望

它们挣脱了战场以外的束缚

扑向了黎明前的胸膛

（六）

"对此茫茫，

胡笳吹罢。

黄叶下，

征战不知几人返。

十年澹澹，

零落繁华。

望青山，

棋枰暂休功来晚。"

每一个起风的夜晚

你还会再习惯地静静闭上眼吗？

如同大家都还在身边

陪你共弹一曲长坂调

再唱一首《归去来兮辞》

即使清泪流过一天又一天

明天也离你更遥远

有些时候，

那些真正的事

是永远无法看清的事

就像在迷雾中与蜃景余晖相遇

没有形状没有声线　没有气味

有多少朽木孤独地面对年月与时间的对峙

有多少草原连同它所覆盖的万具枯骨被踏平

有多少从仁爱慈悲中降生的心变成钢铁磐石

雪花飘落了，

山无言

风结冰了，

霜无言

狼烟灭了，

断墙无言

酒杯倒了，

弥留的桂花香中

数尽江山欲坠飘摇

（七）

"四海为望，

五湖承宽。

三台转，

恩入九棘扬尘埃。

高歌凯旋，

塞外梅放。

血滚烫，

锦缎冠翎归故乡。"

十个月圆之后
你终于赶上了下一个来临之前
对镜解开了青丝，
戴上了玉簪
说一声再见，
你沉默了

你开始怀念另一个自己
在永者与死者之间
在本质与偶然之间
是否只能紧紧拥抱一个？

你站在城楼
守着风吹动辽阔
你观察每粒微尘的移动
看见每个刚抵达的旅客
关注星怎样沉，
日怎样升
黑夜怎样爬上屋顶
所有溪河怎样共奔大海

透过茫茫的眼，
看布满珍珠的等待
等待战魂的归来

（八）

"花繁柳绿，

木荣莺啭。

策马慢，

兰心逐云向东开。

忽见故人，

潸然眉展。

燕至归，

一声弹指浑无言。"

远方是谁拉起了弦

声声如泣如诉，

如哽如咽

起飞的音符皆是想望

一阵热情，

一阵憧憬的痛苦

记牢那片唇，

那片干裂的唇

那是你的气息的源头

吹起属于过往戎月的调

指尖的流沙飘飘洒洒

好像当年边境那最后一场飞雪

落下冷峻的永恒阳光

有人就这样回来了

有人就这样不见了

（九）

"额间点砂，

青丝委地。

湘娥黛，

红襟翠袖香闻满。

醉卧疆场，

朱颜红装。

任疏狂，

唯戎月与尔共襄。"

曾经天河闪烁，

时光如梭

曾经苍莽平原变成黄沙荒漠

歌尽后朦胧中似乎看到

那些熟悉的轮廓

多少生死难破

多少命运旋涡

只有立在风中的老松

看遍这旧梦流过

南疆月落

父亲

（一）

这一生没成就过轰轰烈烈的野心
只不过把黑发熬成了白雪
执着于看着我
从孩童长成巍巍大树

（二）

许久没和父亲吃过饭
那天回到家，满满的餐桌上
摆着我喜欢的以及孩子喜爱的菜
却唯独少了那份他自己吃惯的

（三）

生活中总是丢三落四的我

只有你能准确地找回我

童年时那把遗失的钥匙

开启我断了弦的尘封已久

（四）

生活每天都记着你

你坐在干净的屋子里

刚喝完一杯茶，看时针转动

这里没有人

这里却曾经诞生过

请翻到下一页

一张餐桌

两个女人面对面坐着

她们一个年轻　一个较年长

她们中间有两杯水

越过透明的玻璃杯

望着对方　浅尝着

她们在谈论无法被理解的人生

连爱马仕都不能填补的空洞

里面装着荒芜的废墟

楼房和豪车

只是账面上一串长长的数字

然后用逗号隔开快乐的等级

突然

侍应拿来餐单

请保持微笑

请翻到下一页

她们活得有头有脸却没有方向

特别版: 给儿子的诗

月亮船

月亮船啊月亮船
停靠在深蓝的海湾边
只有闭上眼，
才能看见它

月亮船啊月亮船
攀上了高高的山峰顶
只有纯真的眼，
才能看见它

月亮船啊月亮船
隐藏在布满萤火的洞穴里
只有珍珠般的眼，
才能看见它

月亮船啊月亮船
潜伏在装满露水的屋顶端
只有透彻般的眼，

才能看见它

月亮船啊月亮船
奔腾在十里草长的平原上
只有广阔的眼，
才能看见它

月亮船啊月亮船
沉睡在你绽开的眉心角
只有闭上眼，
只要闭上眼
你就能看见它，
你已经看见了它

抱

儿子：妈咪抱我。

（妈咪摇头。）

儿子：妈咪抱我。

（为什么要妈咪抱？）

儿子：因为妈咪喜欢抱我。

（妈咪是喜欢你，但不喜欢抱。）

我来的地方

儿子喜欢抱着我的肚子

有时会把脸温柔地贴在上面

有时会把它当作面团用力地搓

更多时候会踩在上面

当自己是战胜的将军

高举着旗帜

宣扬着领地

下一秒又变成滑梯

欢呼着滑落到地表

但他那天竟然深情款款地对我说：

"我喜欢这里，因为它是我来的地方。"

赖着不走

深夜，我和儿子走在公园里
月亮圆圆的，如金钟倒挂在天空
儿子向左走，月亮跟着往左
儿子向右走，月亮跟着往右
来来回回向前又向后，月亮变成了一支圆舞曲

突然他一脸担忧地问我：
"妈妈，为什么月亮总赖着我不走？"

疑惑

儿子是喝人奶长大的
他很疑惑
为什么牛奶不是给牛喝的
为什么羊奶也不是给羊喝的
为什么人喝了牛奶羊奶以后
不会变成牛羊呢？

他带着疑惑
一路喝着人奶
一路陷入沉重的思考

游戏

表姐和表弟在玩积木

表姐搭房子，一格一格很漂亮

表弟一推，倒了

表姐再搭，一格再一格

表弟一推，又倒了

表姐继续搭，

突然，表弟没坐稳，倾身滑向前，

表姐一乐，咦，你怎么在游泳？

于是，两人玩起了游水

猫咪躲在脚底下

今晚，
孩子得到了一张皮卡丘的贴纸
但他很害怕，
捂着脸不敢看
妈妈安慰他说，
这只是一只猫
你把它贴在胸口就会得到勇气
孩子透过指缝一看，
果真像猫
于是欢喜地贴在胸口前

可惜没多久，
贴纸不见了
孩子很沮丧
妈妈说，太晚了，猫咪回家了。
我们也一起回家吧。

走到半路，

孩子突然不走了

他焦急地说，

妈妈抱我

猫咪躲在我的脚底下

妈妈无奈地抱起哭闹的他

猫咪要是躲在你的脚底下

你就会看到它踩到它

并且你的鞋子会因此而穿不了

但孩子还是坚持着

猫咪躲在我的脚底下

回到家

妈妈为他脱下鞋子

看一看

猫咪是否真躲在他的脚底下

左脚，没有

右脚，黏着一张纸

翻开一看，皮卡丘那圆圆的眼睛

正望着我们笑

儿子欢喜地说

妈妈，猫咪出来了

它和我都回到了家

我自从有了你

我自从有了你
就像太阳发现了天空
云知道要飘,
雨知道要落下来
还有树在流转的季节里,
要发芽
花朵悄然静放,
染红了如火晚霞

自从有了你
就像在迷谷中倚着竹杖走了千百里
终于找到蚂蚁跋涉下未掩没的轨迹
这是你抵达我的眷恋
在暮春落款的眉间
以最漂亮的姿势
进入了我望向世界的窗边

我悬着气球

飘升到更远的几重浮世外

披着荆棘的羽衣

回到水流动之初的地方

那里藏着你前世的等待今世的芳华

我欢喜着不合时宜的欢喜

也忧伤着无处安放的忧伤

只是啊，妈妈你别怕！

你尾音押着悠长的韵脚

如远方传来破晓的歌谣：

就算踏遍山啊水啊

我也要把你认出来

因为你就是我的家

平行世界里的另一个我

平行世界里的另一个我
天空是阴　抑或是晴
心离得很近　却无法看到

隐形于黑暗羊水里的光亮
蜷缩成最古老的生长姿态
在一片夏末雨的过场诗中
等待来日更来日破晓的焚烧

一个人的时候
时间直线而下
两个人世界却呈辐射线
劈开混沌
谛听万万亿亿个基因的耳语

召唤一场流星划过
无意中遗落下
一株火鹤关于浴火的记忆

荒芜山野的沉默

仍掩盖不了重生的预言

在亘古以前

于万世之后

平行世界里的另一个我

该为你留下些什么

没有破碎的潮湿的夜

你无须穿越黑暗及更深的黑暗

没有苦痛的灼热

在你路过的地方

种下沾满雨露的花香

还有　开启那伟大的生命之匙

锁住翻云覆雨的颠簸

而关于飞翔的承诺

你会找到回家的路

（京权）图字01-2024-5120

图书在版编目（CIP）数据

魔术师／洛书著. -- 北京：作家出版社，2024.12. --
（澳门文学丛书）. -- ISBN 978-7-5212-3163-2

Ⅰ．I227

中国国家版本馆CIP数据核字第20243SQ395号

魔术师

作　者：	洛　书
责任编辑：	杨兵兵
装帧设计：	意匠文化·丁奔亮
出版发行：	作家出版社有限公司
社　址：	北京农展馆南里10号　邮　编：100125
电话传真：	86-10-65067186（发行中心）
	86-10-65004079（总编室）

E-mail:zuojia@zuojia.net.cn

http://www.zuojiachubanshe.com

印　刷：	三河市北燕印装有限公司
成品尺寸：	133×214
字　数：	126千
印　张：	7.5
版　次：	2024年12月第1版
印　次：	2024年12月第1次印刷
ISBN	978-7-5212-3163-2
定　价：	38.00元

曾几何时

王祯宝／著

Colecção Literatura
de Macau

澳门基金会　中华文学基金会

本丛书由澳门基金会与中华文学基金会赞助出版

作家出版社

第二批出版书目

太　皮　《神迹》

尹红梅　《木棉絮絮飞》

卢杰桦　《拳王阿里》

冯倾城　《未名心情》

朱寿桐　《从俗如流》

吕志鹏　《挣扎》

邢　悦　《被确定的事》

李烈声　《回首风尘》

沈慕文　《且听风吟》

初歌今　《不渡》

罗卫强　《恍若烟花灿烂》

周　桐　《除却天边月没人知》

姚　风　《龙须糖万岁》

殷立民　《殷言快语》

凌　谷　《无边集》

凌　稜　《世间情》

黄文辉　《历史对话》

龚　刚　《乘兴集》

陶　里　《岭上造船笔记》

程　文　《我城我书》

程祥徽　《多味的人生之旅》

以上按作者姓氏笔画排序

第二批出版书目

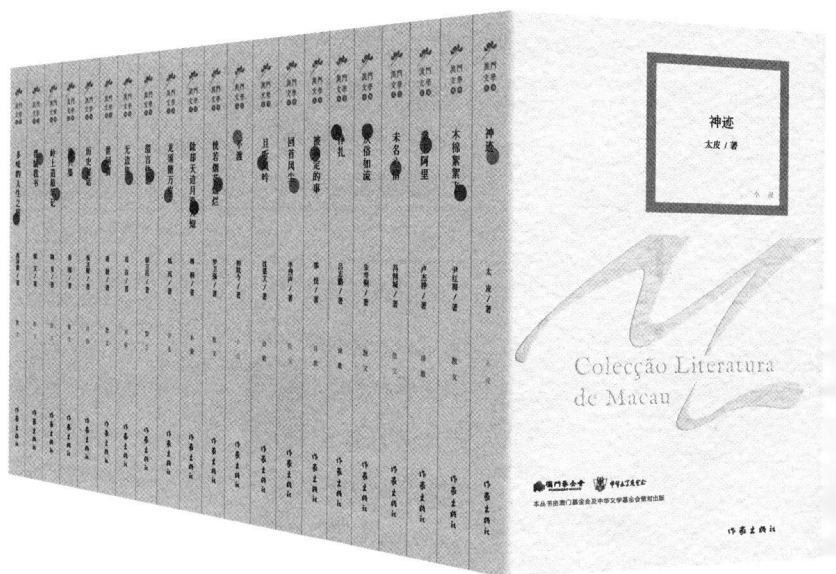

第三批出版书目

太　皮《一向年光有限身》

李文娟《吾心吾乡》

何　贞《你将来爱的人不是我》

陈志峰《寻找远方的乐章》

吴淑钿《还看红棉》

陆奥雷《新世代生活志：第一个五年》

杨开荆《图书馆人孤独时》

李嘉曾《且行且悟》

卓　玛《我在海的这边等你》

贺越明《海角片羽》

凌　雁《凌腔凌调》

谭健锹《炉石塘的日与夜》

穆欣欣《当豆捞遇上豆汁儿》

———————————

以上按作者姓氏笔画排序

第三批出版书目

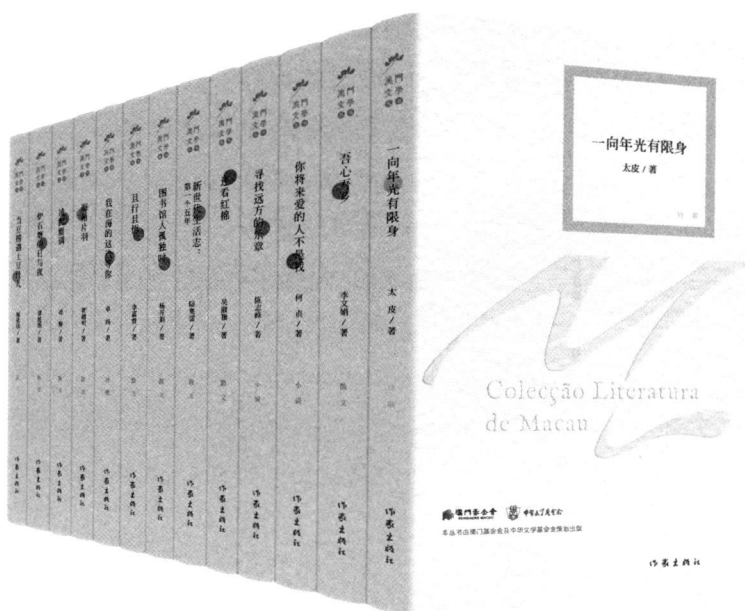

一向年光有限身

太皮／著

Colecção Literatura
de Macau

第四批出版书目

李观鼎《滴水集》

李烈声《白银》

陈雨润《禅出金瓶 悟觉大观》

陆奥雷《幸福来电》

杨颖虹《小城 M 大调》

凌　谷《从爱到虚无》

袁绍珊《拱廊与灵光：澳门的 120 个美好角落》

黄文辉《悲喜时节》

梯　亚《堂吉诃德的工资》

蒋忠和《燕堂夜话》

以上按作者姓氏笔画排序

澳門文學  丛 书